# Edition Paashaas Verlag

EPV

*Die im Buch veröffentlichten Ratschläge wurden von der Verfasserin sorgfältig erarbeitet und geprüft. Eine Garantie kann dennoch nicht übernommen werden; ebenso ist eine Haftung der Verfasserin bzw. des Verlages und seiner Beauftragten für Personen-, Sach- und Vermögensschäden ausgeschlossen. Namen und Begebenheiten in den Geschichten sind frei erfunden. Ähnlichkeiten mit lebenden Personen und tatsächlichen Begebenheiten sind nicht beabsichtigt, sondern rein zufällig.*

# Krimiparty
## Sonderausgabe 6

# Inkognito
## - ein Hotelkrimi

Autor: Cornelia H.-Müller
Cover-Motiv: Pix-by-Hiero / www.pixelio.de
Cover designed by Michael Frädrich
© Edition Paashaas Verlag, www.verlag-epv.de
ISBN: 978-3-945725-12-2
Printed: BoD, Norderstedt
Neuerscheinung Februar 2015

Die Deutsche Nationalbibliothek verzeichnet diese Publikationen in der Deutschen Nationalbibliografie; detaillierte bibliografische Daten sind im Internet über http://dnb.d-nb.de abrufbar.

# Inhaltsverzeichnis

# Einleitung

Mithilfe dieses Buches können Sie zu Hause gemeinsam mit Ihren Familienmitgliedern und Gästen auf Tätersuche gehen. Sie tauchen ein in einen spannenden Mordfall, ermitteln, befragen und bewerten Tatsachen und Aussagen.

Dabei werden von niemandem schauspielerische Fähigkeiten verlangt. Sie sitzen mit Ihren Mitspielern in gemütlicher Runde beisammen und versuchen gemeinsam, dem Täter auf die Spur zu kommen!

Zu diesem Krimi gibt es eine Geschichte des Verbrechens, die in der Runde vorgelesen wird und darüber informiert, was passiert ist, sowie Rollenbeschreibungen für alle Mitspieler und eine schlüssige Auflösung.

Der Krimi ist so angelegt, dass an einem Ort ermittelt wird. Ob Sie also im Wohnzimmer oder im Freien während eines Grillfestes versuchen, mit Ihren Gästen den Fall zu lösen, spielt keine Rolle.

Das Buch ist mit dem Internet gekoppelt.
Das benötigte Zubehör können Sie ganz einfach herunterladen und ausdrucken. Einladungen, Namensschilder, Kurztexte und Rollentexte finden Sie auf:

http://www.verlag-epv.de im Bereich Download Krimiparty.
Ihre Zugangsdaten lauten:
Benutzername: krimiparty
Passwort: hmueller11

# So funktioniert ein Mitspielkrimi!
Erklärungen zur Durchführung

Lesen Sie die Grundgeschichte und die dazu gehörenden Rollen bitte gründlich durch. Überlegen Sie, welcher Mitspieler welche Rolle übernehmen soll. Es ist kein Problem, wenn einmal eine Dame eine Herrenrolle übernimmt oder umgekehrt. Wenn Sie allerdings auch mit ermitteln wollen, ohne zu wissen, wer der Täter ist, vergeben Sie die Rollen blind und lesen Sie keinesfalls die Auflösung durch. Auf diese Weise werden auch Sie als Gastgeber zum "echten" Ermittler.

Haben Sie einen Internet-Anschluss? Dann können Sie unter **www.verlag-epv.de** die einzelnen Rollen für Ihre Gäste herunterladen und ausdrucken. Sollten Sie diese Möglichkeit nicht haben, kopieren Sie sie aus dem Buch.

Die Rollentexte bestehen aus 2 Blättern; dem Vorstellungstext und den geheimen Hinweisen. Wir empfehlen, die Texte erst am Spielabend selbst an die Mitspieler zu vergeben. Wenn Ihre Gäste aber bereits entsprechend gekleidet zu Ihrem Ermittlungsabend kommen sollen, können Sie die Vorstellungstexte mit der Einladung versenden. Weisen Sie in diesem Fall aber bitte darauf hin, dass diese Texte zum Spielabend wieder mitgebracht werden müssen. Die geheimen Hinweise werden auf jeden Fall erst am Spielabend selbst vergeben.

Bereiten Sie Namensschilder mit den Rollennamen für Ihre Gäste vor, diese werden am Spielabend mit einem Klebestreifen oder Klämmerchen für alle sichtbar angeheftet. Auch diese sind im Internet zum Download hinterlegt.

Drucken Sie für jeden Gast eine Kurzbeschreibung aus; sie

erleichtert den Einstieg und hilft, sich die neuen Spiel-Namen zu merken.

## Der Spielablauf

Ihre Gäste werden sicher schon sehr gespannt sein, was sie erwartet. Damit Ihr Krimiabend zum Erfolg wird, noch folgende Tipps:

Schaffen Sie eine gemütliche Atmosphäre und vermeiden Sie zu helles Licht. Stellen Sie Kerzen oder kleine Lichter auf; dies schafft den richtigen Rahmen. Legen Sie bitte für jeden Gast Papier und Stift bereit. Notizen zur Geschichte und zu den einzelnen Aussagen der Mitspieler sind wichtige Stützen bei der Ermittlungsarbeit. Halten Sie bitte auch für jeden Gast die ausgedruckte Kurzbeschreibung des Falles bereit.

### Haben Sie ein Abendessen für Ihre Gäste vorgesehen?

Wenn Sie ein Menü mit mehreren Gängen servieren, gehen Sie wie folgt vor:

Verteilen Sie vor der Vorspeise die Namensschilder. Jeder Gast weiß nun, wen er heute Abend charakterlich vertritt.

Lesen Sie nach der Vorspeise die Geschichte vor. Es ist in der Geschichte vermerkt, an welcher Stelle die Handlung unterbrochen werden kann, um den Hauptgang zu genießen. Auf diese Weise wird Ihr Abend zu einem richtigen Krimidinner.

Danach erhält jeder Gast seine persönliche Rolle, die aus Vorstellungstext und Hinweisen (Geheimtext) besteht. Diese Texte werden nun von den Mitspielern   diskret studiert. Wenn alle Gäste soweit sind und ihre Rolle gelesen haben, beginnt die Vorstellungsrunde. Alle Mitspieler lesen reihum ihren Vorstellungstext vor.

Der geheime Text enthält weitere Informationen und ergänzt die Geschichte; er wird nicht vorgelesen, sondern bietet Hintergrundwissen, welches jede einzelne Person zum Ermitteln benötigt und dann nach eigenem Geschick in die Ermittlungen einbringen kann. Der Mörder erfährt in seinem Geheimtext auch, dass er der Täter ist.

Nach der Vorstellungsrunde beginnen die Ermittlungen; durch Vorstellungs- und Geheimtext ergeben sich viele Fragen, die nun gestellt und beantwortet werden. Vergessen Sie die Zwischeninfos nicht!

Lügen, darauf sollten Sie Ihre Gäste noch einmal hinweisen, darf wirklich nur der Täter. Alle anderen müssen sich nahe an der Wahrheit orientieren.

Wenn die Ermittlungen abgeschlossen sind, verteilen Sie Zettel. Hier kann jeder seinen Namen und seinen Täterverdacht aufschreiben. Sammeln Sie die Zettel ein. Danach servieren Sie, wenn es vorgesehen ist, das Dessert.

Zum Abschluss lesen Sie als Gastgeber die Auflösung des Falles vor. Erst jetzt darf sich der Täter zu erkennen geben!
Geben Sie bekannt, wie viele Mitspieler anhand der eingesammelten Zettel den richtigen Täter ermittelt haben – eventuell machen Sie daraus sogar ein kleines Gewinnspiel, indem Sie etwas verlosen. Das sorgt sicher noch einmal für viel Spaß. Das Schlusswort bietet den humorvollen Abschluss des Abends.

**Wenn Sie kein Abendessen, sondern nur einen kleinen Snack planen, gehen Sie wie folgt vor:**

- Begrüßung der Gäste und Verteilung der Namensschilder und der Kurzbeschreibung

- Verteilung von Papier und Bleistift für Notizen

- Vorlesen der Grundgeschichte

- Verteilen der Rollentexte

- diskretes Studieren der Rollentexte

- Vorstellungsrunde

- Ermittlungen

- Vergessen Sie die beiden Zwischeninformationen nicht!

- Täterverdacht aufschreiben lassen

- Verlesen der Auflösung

- Bekanntgabe, wer richtig geraten hat - und wenn es vorgesehen ist, Ziehung des Gewinners

- Verlesen des Schlusswortes

# Häufig gestellten Fragen zur Durchführung:

**Frage: Weiß der Mörder, dass er der Täter ist?**
Antwort: Ja, dies steht ausdrücklich im Geheimtext seiner Rolle.

**Frage: Dürfen die Gäste schummeln und flunkern?**
Antwort: Nur der Mörder darf dies tun. Die anderen sollten sich nahe an der Wahrheit orientieren.

**Frage. Ich habe mehr Gäste als Rollen. Was nun?**
Antwort: Wir haben in der Geschichte sogenannte Gastrollen vorgesehen. Wenn es heißt: 7-10 Mitspieler, gibt es 7 größere Rollen und 3 kleinere Gastrollen. Die größeren Rollen müssen, die Gastrollen können besetzt werden.

Sollten Sie die doppelte Anzahl Gäste haben, können Sie an 2 Tischen gleichzeitig spielen. Bereiten Sie Rollen und Zubehör zweimal vor, lesen Sie die Geschichte zentral vor und ermitteln Sie danach an 2 Tischen. Sie werden sehen, dass auch dies reibungslos funktioniert. Vermutlich werden die Tische zu ganz unterschiedlichen Ergebnissen kommen; es kommt immer ganz darauf an, wie sich die einzelnen Mitspieler verhalten.

**Frage: Müssen alle Gäste ungefähr gleich alt sein?**
Antwort: Nein. Wir haben in unseren Testrunden mit Personen verschiedenen Alters in gemischten Gruppen gespielt. Unsere Mitspieler waren von 16 bis 80 Jahre alt, und allen hat es großen Spaß bereitet!

**Frage: Muss alles aus dem Vorstellungstext auch vorgetragen werden?**
Antwort: Ja, der Text der Vorstellungsrunde ist so angelegt, dass er wichtige Informationen gibt, ohne die die Ermittlungen rasch langweilig werden.

**Frage: Meine Frage war hier nicht aufgeführt; ich benötige Hilfe.**
Antwort: Wenden Sie sich bitte an
glashauskrimi@glashauskrimi.de
und schreiben Sie der Autorin eine Mail. Sie wird Ihnen alle anstehenden Fragen zum Gelingen Ihrer privaten Krimiparty gerne beantworten.

# Die Einladung

Wenn Sie Ihre Gäste schriftlich einladen wollen, können Sie z. B. diesen Text als Vorlage nutzen. Im Internet finden Sie eine vorbereitete Einladung, die Sie ausdrucken können.

**Einladung zur Krimiparty**
**Tatort:** _____

Die Ermittlungen beginnen am _____

um _____ Uhr.

Für das leibliche Wohl ist ebenso gesorgt, wie für spannende Unterhaltung, denn es gibt tatsächlich einen Mord aufzuklären. Klar, dass wir dabei deine/eure Unterstützung benötigen.

Falls ihr eine Lesebrille tragt, vergesst sie bitte nicht, denn ihr erhaltet selbstverständlich Akteneinsicht.

Ich würde mich sehr freuen, wenn du/ ihr komm(s)t.
Herzliche Grüße

Antwort bitte per Tel. _____

# Kurzbeschreibung „Inkognito"
## Ein Mitspielkrimi für 7-11 Personen

Spitzenkoch Jaques Pampelmues steht vor seinem größten
Triumph; nachdem sein Kochbuch „Jaques á la Carte" seit
Wochen auf den Bestsellerlisten steht, plant der
Fernsehproduzent Frank Bachhausen jetzt eine eigene
Kochshow im TV mit ihm.

Man sollte annehmen, dies seien wunderbare Nachrichten für
Jaques und seine tüchtige Frau Wanda, aber warum zickt
Letztere plötzlich so herum?

Und warum checkt die Schauspielerin Vanessa Steenhagen
unter falschem Namen im Hotel Pampelmues ein?
Eine Leiche in Zimmer 223, ein Feueralarm und zwei
vertauschte Koffer führen zu weiterer Verwirrung in diesem
undurchsichtigen Fall. Ermitteln Sie mit, wenn wir versuchen,
die seltsamen Vorgänge im Hotel aufzuklären.

## Und hier noch ein Wort zu den Spielregeln:

Alle Mitspieler sollten sich nahe an der Wahrheit orientieren;
schwindeln darf nur der Mörder. Dieser muss allerdings
vorsichtig sein, denn wird er beim Schwindeln erwischt, glaubt
man ihm gar nichts mehr!

Ich wünsche Ihnen viel Vergnügen und einen Mordsspaß!
Cornelia Herbertz-Müller

# Es spielen mit:

**Jaques Pampelmues** – Chef des Hauses & Koch
**Wanda Pampelmues** – Chefin des Hauses, Köchin
& Ehefrau von Jaques
**Dr. Anton Heberlein** – Inhaber Bankhaus Heberlein/Gast im
Hotel
**Verena Heberlein** – Ehefrau von Anton/Gast im Hotel
**Victoria Söderberg** – Hotelangestellte
**Harry Bellafontes** – Barkeeper
**Vera Schmidtke** – Golfballtaucherin /Gast im Hotel
**Frank Bachhausen** – TV Produzent/ Gast im Hotel

sowie an dem einen oder anderen Tisch:
**Ulli** – Azubi Küche
**Ute** – Azubi Hotelfachfrau
neutrale Beobachter

# Die Rollenverteilung

## Diese Krimiparty ist für 7-11 Personen ausgelegt:

Bei 8 Mitspielern vergeben Sie die Rollen bitte einfach von oben bis unten bis Frank Bachhausen.

Bei 9 oder 10 Mitspielern setzen Sie Ulli und Ute mit ein.

Sollten Sie nur 7 Mitspieler haben, können Sie die Rollen von Harry Bellafontes und Frank Bachhausen an eine Person vergeben; d.h., eine Person vertritt dann beide Texte in der Ermittlungsrunde.

Bei 11 Personen: mit Beobachter

# Zwischeninformationen

2 Zwischeninformationen, die der Gastgeber bitte im Laufe der Ermittlungen seinen Gästen zur Kenntnis gibt.

**No. 1**

## Zwischeninformation der Polizei zur Todesursache:
Frau Steenhagen wurde zunächst mit einer Mineralwasserflasche bewusstlos geschlagen und kurz darauf mit einem Kopfkissen erstickt. Die Flasche wurde gefunden, aber es gibt keine Fingerabdrücke.
Todeszeitpunkt war ca. zwischen 22:00 und 22:30 Uhr.

**No. 2**

## Zwischeninformation Polizei:
Frau Steenhagen hat gegen 22:00 Uhr einen Anruf von einem Anschluss bekommen, der auf den Namen Heberlein zugelassen ist.

# Die Grundgeschichte zum Vorlesen
## Inkognito

### Das ist passiert:

*Wien, - Pressemeldung*
Bei einem spektakulären Raubüberfall auf die Heberlein-Privatbank in Wien wurde am Freitagnachmittag ein zufällig anwesender Kunde der Bank angeschossen. Er erlag kurz darauf in einem Wiener Spital seinen schweren Verletzungen. Die beiden Täter konnten unerkannt mit einer Beute in Höhe von 540.000 Euro entkommen. Sachdienliche Hinweise erbittet die Sicherheitspolizei Wien.

*10 Jahre später!*
In der um diese Uhrzeit noch fast leeren Bar des Hotels Pampelmues saß Dr. Anton Heberlein in eine Tageszeitung vertieft an einem der kleinen Tische und trank einen Kaffee. Harry Bellafontes, der Barkeeper, hatte in Dr. Heberlein gleich den Bankier aus dem Nachbarstaat Österreich erkannt. Dessen Gebaren hatte Harry mit jahrelang scharf geschulter Menschenkenntnis allerdings entnommen, dass der Herr Bankdirektor unerkannt bleiben wollte und vermutlich rein privat hier im Hotel Pampelmues zu Gast war. Der Barmann vermied daher jede persönliche Anrede und verhielt sich so diskret wie möglich. Er polierte gerade ein paar Gläser, als eine sehr gepflegte und mondäne Dame mittleren Alters die Bar betrat.

Sie blieb einem Moment am Eingang stehen und sah sich um. Als sie Dr. Heberlein erblickte, ging ein Lächeln über ihr Gesicht. Auf Zehenspitzen schlich sie sich von hinten an ihn heran, beugte sich über ihn und legte ihm beide Hände über die Augen.

„Da bist du ja, Liebes", entfuhr es Heberlein erfreut, dann fügte er ein charmantes „Ich freue mich so, dich zu sehen!" hinzu.

Die Dame erstarrte und richtete sich auf.
„Du wartest auf ein Liebes?" Ihre Stimme klang aufgebracht, als sie fortfuhr. „Siehst du, Anton, das dachte ich mir! Dann erkläre mir mal, wer dein Liebes diesmal ist. Mit mir hast du doch sicher kaum gerechnet, oder?"

Dr. Heberlein fuhr herum! Mit einer Mischung aus Überraschung und Entsetzen sah er seine Frau fassungslos an! „Verena", stammelte er dann unbeholfen! „Was machst du denn hier?"
„Ich wollte mal schauen, was du hier so treibst! Wie man sieht, war das eine glänzende Idee von mir. Du hast ja sicher nichts dagegen, wenn ich mich dazu setze und wir gemeinsam auf dein Liebes warten, oder?"

Mit diesen Worten warf Verena ihre Handtasche auf einen der freien Stühle und nahm neben ihrem sprachlosen Ehemann Platz.

Victoria Söderberg sortierte gerade die neuen Anmeldungen an der Rezeption, als eine junge, attraktive Frau mit großer dunkler Sonnenbrille und schwarzem Koffer durch die Drehtüre in den großzügigen Empfang des Hauses trat und mit raschen Schritten das Entre durchquerte . Kurz darauf stand sie vor Victoria, die sofort freundlich aufsah und ein professionelles Lächeln aufsetzte.

„Guten Tag, mein Name ist Müller. Ich habe ein Zimmer reserviert!", erklärte die Dame und stellte den Koffer neben sich ab.

„Selbstverständlich, ich schaue sofort nach", antwortete

Victoria. Sie fand die Reservierung und reichte Anmeldebogen und Zimmerschlüssel über die Theke.

„Sie haben Zimmer 223 in der 2. Etage. Wenn Sie dies bitte ausfüllen würden. Haben Sie noch mehr Gepäck, Frau Müller?"

„ Gepäck ? Nein, nur dieser Koffer hier!"

„Lassen sie ihn ruhig hier stehen, wir bringen ihn gleich hinauf", sagte Victoria freundlich. „Möchten Sie für heute Abend einen Tisch im Restaurant reservieren? Wir empfehlen unseren Hausgästen dies, da wir momentan sehr gut gebucht sind und nicht garantieren können, dass wir einen Platz für Sie finden, wenn Sie sich später entscheiden."

Frau Müller schüttelte verneinend den Kopf, füllte rasch den Anmeldebogen aus und griff dann nach dem Zimmerschlüssel.

„Nein, aber einen Drink könnte ich brauchen. Geht das?"

„Selbstverständlich. Sie finden unsere Bar gleich hier im Erdgeschoss."

Die Rezeptionistin wies in die entsprechende Richtung.

Kaum war Frau Müller aus ihrem Blickfeld verschwunden, setzte Victoria sich an den Hotelcomputer und nahm einen Eintrag für die Kollegen vom Service vor:

„Frau Müller, Gast in Zimmer 223, ist die Schauspielerin Vanessa Steenhagen. Sie ist inkognito hier. Bitte nicht auf ihre Identität oder Autogramme ansprechen!!!"

Dahinter setzte Victoria 3 Ausrufezeichen.

Dann ging sie um den Tresen herum und nahm den Koffer von Frau Steenhagen an sich.

Anton und Verena Heberlein saßen noch immer schweigend an dem kleinen Tisch in der Bar, als Vanessa Steenhagen kurze Zeit später den Raum betrat. Als sie die Hebersleins erblickte, stutzte sie kurz, dann drehte sie sich auf dem Absatz herum und eilte raschen Schrittes zurück in die Halle.

Wanda Pampelmues saß derweil im Büro des Hotels und

kontrollierte Abrechnungen. Ab und zu warf sie einen Blick auf den Monitor, der ihr wechselnde Ansichten aus dem gesamten Hotelbereich ins Büro übertrug.

Gerade jetzt flimmerten Bilder aus dem Restaurantbereich über den Schirm. Ihr Mann Jaques saß dort mit dem TV-Produzenten Frank Bachhausen an einem der gemütlichen Ecktische und plauderte.

Ab und zu lachten die beiden; was gesprochen wurde, konnte Wanda leider nicht hören. Allerdings schienen beide Herren eine ausgezeichnete Stimmung zu haben.

Jaques öffnete soeben eine Flasche des bestens Rotweins, schnupperte daran und schenkte seinem Gegenüber großzügig ein.

„Ein 99er von der Ahr." Wanda schüttelte missbilligend den Kopf. „Und das am Nachmittag!"

Sie beugte sich interessiert vor den Monitor, um die beiden Herren weiter bei ihrem Schwätzchen zu beobachten. Das Gespräch, dies wurde Wanda rasch klar, nahm ganz offensichtlich nicht den von ihr geforderten Verlauf.

Nachdem sie den Herren eine Weile bei der Verköstigung des Rotweins und beim Plaudern zugesehen hatte, stand sie auf und verließ zutiefst verärgert das Büro.

Vera Schmidtke war mit dem letzten Zug aus Dresden eingetroffen. Nun stand sie, ihre Handtasche feste unter den Arm geklemmt, im Empfang des Hotels und sah sich beeindruckt um.

„Kann ich Ihnen helfen?", fragte Victoria Söderberg höflich, als Vera schließlich näher kam.

„Vera Schmidtke. Ich habe reserviert!"

„Natürlich, herzlich willkommen, Frau Schmidtke", säuselte Victoria. „Sie haben Zimmer 217 in der 2. Etage. Haben Sie Gepäck?"

„Nur das hier", sagte Vera und deutete auf ihren schwarzen

Koffer.

Victoria reichte den Anmeldebogen hinüber, der sogleich mit sorgfältiger Handschrift ausgefüllt wurde.

„Den Koffer bringen wir Ihnen gleich aufs Zimmer. Ich wünsche Ihnen einen angenehmen Aufenthalt in unserem Hause!"

Während Frau Schmidtke kurz darauf mit dem Aufzug in die 2. Etage schwebte, nahm Victoria deren Koffer und stellte ihn neben Vanessa Steenhagens Gepäckstück in die kleine Aufbewahrungskammer hinter der Rezeption.

Der TV-Produzent Frank Bachhausen stand, nur mit einem um die Hüften gewickelten Handtuch, frisch geduscht im Bad vor dem Spiegel, als sein Handy bimmelte.

„Bachhausen", sagte er und lauschte in den Hörer.

„Vanessa? Na, das nenne ich eine Überraschung. Du bist hier, im Pampelmues? Aber woher weißt du, dass ich hier bin … ach, du hast meinen Wagen entdeckt."

Er lauschte weiter. „Na klar können wir uns sehen. Ja, gut … warum nicht. Ich werde da sein und freue mich auf dich."

Gut gelaunt beendete Frank das Gespräch. Er griff nach dem teuren Herrenparfüm und gab ein Spritzer davon auf seinen nackten Oberkörper. Dann strich er sich durch sein dunkles Haar und lächelte sein Konterfei im Spiegel an.

„Die hübsche kleine Steenhagen", sagte er zu sich selbst. „Das kann doch ein ganz schöner Abend werden."


Jaques Pampelmues stand in der Küche und studierte die Sonderkarte für den Abend. Wie immer hatte Wanda eine sehr anspruchsvolle Menüfolge zusammengestellt, um die zahlreichen Gäste im Restaurant zu verwöhnen.

Ulli, der Auszubildende im 3. Lehrjahr, trat neben den Chef.

„Kommt Ihre Frau heute nicht?", fragte Ulli und sah auf die Uhr. „Ist schon mächtig spät, oder?"

Jaques blickte auf. „Das weiß ich noch nicht. Sie fühlt sich nicht wohl. Ist alles vorbereitet?"

„Klar!", sagte der Azubi. „Ich habe, wie jeden Tag, alle Zutaten zusammengestellt. Wir können sofort loslegen!" Während er sich die Schürze umband und an die Arbeit ging, wandte er sich erneut an seinen Chef: „Ich habe den Frank Bachhausen eben in der Bar gesehen. Wird das jetzt konkret mit Ihrer Kochshow im Fernsehen?"

Pampelmues blickte seinen Azubi erstaunt an.
„Du hast schon davon gehört? So, so ... naja. Ja, es stimmt. Aber es ist noch nicht spruchreif, verstehst du? Du musst es noch nicht an die große Glocke hängen."
„Keine Bange", antwortete Ulli beinahe verschwörerisch. „Ich kann schweigen wie ein Grab."
Dann griff er nach den Messern und legte diese für Jaques zurecht. „Wie soll die Show denn heißen?"
„Das steht noch nicht fest. Vermutlich aber „Jaques a la Carte" ...oder so ähnlich!"
Die Vorstellung, dies konnte man Jaques deutlich anmerken, gefiel ihm.

„Jaques á la Carte? So, so tatsächlich!"
Wanda war ganz plötzlich in der Küche aufgetaucht und baute sich neben Jaques auf.
„Ich sagte ja, es steht noch nicht ganz fest!"
Jaques beschloss, die Flucht anzutreten. Er hatte überhaupt keine Lust auf eine Auseinandersetzung mit Wanda, noch dazu vor dem Personal.
Geschickt drückte er sich an seinem Azubi vorbei und entschwand in Richtung Restaurant.

---

Vera Schmidtke saß etwas verloren in der Hotelbar und nippte an ihrem Eierlikör.
Jetzt, wo sie hier vor Ort war, hatte sie plötzlich Zweifel an

ihrer Entscheidung. War es wirklich richtig gewesen, einfach anzureisen? Vielleicht würde er sich gar nicht freuen; wer wusste das schon?

Sie seufzte tief und sah sich in dem schicken Raum um. Gegenüber, an einem der schwarz lackierten Tische, saß ein Paar. Die beiden hatten, seit Vera vor gut 15 Minuten in die Bar gekommen war, noch kein Wort miteinander gesprochen. Die Frau schien auch etwas zu viel getrunken zu haben; eben wäre sie beinahe vom Barhocker gefallen und nur ein beherzter Griff des Mannes hatte schlimmeres verhindert. Nun versuchte er die Dame zum Gehen zu bewegen.

„Verena", hörte Vera ihn jetzt fast flehentlich sagen, „nun lass uns bitte endlich hinauf gehen. Du musst dich hinlegen!"

„Du hast mir gar nichts zu sagen, Anton!", antwortete diese und gab dem Barmann ein Zeichen, ihr Glas erneut mit Champagner zu füllen.

„Vielleicht sollten wir zwischendurch mal etwas essen gehen", sagte der Mann. Mit einem vernichtenden Blick in Richtung Harry stoppte er die erneute Bestellung. Der Barmann verstand sofort und ließ die Champagnerflasche wieder unverrichteter Dinge im Kühlfach verschwinden.

„Du hast genug!", sagte der Herr Bankdirektor entschieden zu seiner Gattin! „Basta!"

„Ich bestimme selbst, wann ich genug habe!", lallte Verena Heberlein zurück, aber Anton ließ keinen Zweifel aufkommen. Mit einem energischen Griff packte er seine Frau am Oberarm und führte sie, sanft aber bestimmt, aus der Bar.

Victoria Söderberg hatte Feierabend. Auf dem Weg in ihr Zimmer ging sie kurz im Büro vorbei und legte die Personaleinteilung für die nächste Woche auf den Schreibtisch von Wanda. Ihr Blick fiel auf den Monitor, der immer noch fleißig Bilder aus dem ganzen Haus sendete. Soeben war das Hallenbad zu sehen.

TV Produzent Frank Bachhausen kraulte dort mit zügigen Schlägen durch das große Becken. Er legte sich mächtig ins

Zeug. Vermutlich wollte er Vanessa Steenhagen beeindrucken. Diese lag in einem atemberaubenden Bikini auf einer der Liegen, las ein Buch und trank in kleinen Schlucken Orangensaft. Jetzt betrat Anton Heberlein, mit einem hoteleigenen Bademantel bekleidet, den Raum.
Er sah sich kurz um, grüßte Vanessa höflich und ging zum Beckenrand. Dort steckte er vorsichtig einen Zeh ins kühle Nass und testete die Wassertemperatur. Dann nickte er zufrieden und ging hinüber zur Sauna.

Victoria betätigte einen Knopf am Monitor und hatte nun die Küche im Visier. Dort herrschte das um diese Uhrzeit typische Chaos. Jaques wirbelte hin und her, schnauzte das Personal an und gab Anweisungen, während Wanda, wie immer die Ruhe selbst, an einem der Töpfe stand und das Geschehen in der Küche delegierte.

Verena hatte 2 Stunden tief und fest geschlafen. Jetzt stand sie in ihrem Zimmer am Fenster, nippte an dem Mineralwasser und sah hinunter auf den inzwischen dunklen Parkplatz des Hotels. Antons Nobelkarosse stand gleich am Hoteleingang. Gerade, als Verena sich wieder hinlegen wollte, trat Anton aus der Lobby und ging zu seinem Wagen. Er wurde von einer jungen Frau begleitet und als Verena sie erkannte, war sie außerordentlich überrascht.

„Hast du inzwischen mit deiner Frau gesprochen?", fragte die junge Dame, als sie im Wagen saßen und gab Anton einen Kuss auf die Wange.
„Es war noch nicht die richtige Gelegenheit", antwortete der Bankier. „ Sie war eben leider völlig betrunken und schläft jetzt. Ich werde es ihr aber gleich morgen beim Frühstück erklären!"
Anton startete den Wagen. „Und wohin soll es gehen?", fragte er und lenkte das Auto vom Hotel fort.
„Egal", sagte die junge Frau „Irgendwohin, wo wir in Ruhe alles bequatschen können!"

Als Frank Bachhausen gegen 22:15 Uhr von seinem Saunagang zurück ins Hallenbad kam, war Vanessa verschwunden. Ihr Handtuch lag noch auf ihrer Liege und ihr Glas hatte sie halbvoll zurückgelassen.

Frank wandte sich dem Becken zu und sprang mit einem Kopfsprung hinein. Bestimmt würde Vanessa gleich zurückkommen. Der Abend hatte so wunderbar begonnen und sein Gefühl sagte ihm, dass er noch lange nicht zu Ende war.

*Internet-Chat, Rubrik „Bekanntschaften":*

„Hallo Dörte, hab jetzt Feierabend ... bist du online?"
Die Antwort ließ nur kurz auf sich warten: „Hallo Johannes, hab schon auf dich gewartet. Du bist spät dran."

Johannes: „Es war sehr viel zu tun heute Abend. Was hast du heute so gemacht?"
Dörte: „Ich habe eine Reise angetreten."

Johannes: „Eine Reise? Wohin denn? Bist du nicht mehr in Dresden?"

Dörte: „Nein. Wann können wir uns mal persönlich sehen?"

Er: „Du weißt doch, ich hab sehr wenig Zeit."

Dörte: „Ja, aber wir schreiben uns doch schon so lange.
Meinst du nicht, es wäre an der Zeit, den nächsten Schritt zu wagen?"

Johannes: „Bestimmt klappt es bald. Was hältst du von Ostern?"

Dörte: „Ostern? Das sind noch Monate!"

Johannes: „Lass uns nichts überstürzen. Wir werden sehen, einverstanden?"

Dörte: „Vielleicht bin ich dir näher, als du denkst."

Es dauerte einige Minuten, bis die Antwort kam.
Johannes: „Was bedeutet das?"

Dörte: „Lass dich überraschen ... und schlafe gut."
Gegen 23:00 Uhr war Frank Bachhausen äußerst schlecht gelaunt zurück in seinem Hotelzimmer. Vanessa war nicht

mehr im Hallenbad aufgetaucht und dies ärgerte ihn sehr. Zuerst versprach sie ihm einen tollen Abend und rekelte sich in einem Nichts von Bikini auf der Liege und dann verschwand sie einfach, ohne ein Wort zu sagen. Frank nahm sich vor, Vanessa Steenhagen künftig zu ignorieren.

Er lag gerade im Bett, als er einen laut piependen Alarmton auf dem Gang des Hauses hörte. Fluchend stand er wieder auf und zog rasch seinen Bademantel an. Als er kurz darauf auf dem Hotelflur stand und sich umsah, verstummte der Alarm ebenso plötzlich, wie er begonnen hatte. Bachhausen wartete noch einen Moment. Als alles ruhig blieb, ging er zurück in sein Zimmer.

Das Zimmermädchen Ute Schnellinger war neu im Hotel Pampelmues. Heute Morgen sollte sie die erste Zimmerrunde ohne Begleitung machen; die Ausbildung unter der strengen Kontrolle von Wanda Pampelmues höchstpersönlich war gestern beendet worden. Nun musste Ute ihr Können beweisen, um die Probezeit zu bestehen. Pünktlich betrat sie die 2. Etage und nahm ihren Dienst auf. Zimmer 223 war zuerst auf ihrer Liste. Sie klopfte laut an die Zimmertüre.

Als niemand antwortete, öffnete sie mit dem Generalschlüssel und rief, bevor sie das Zimmer betrat, laut und deutlich: „Guten Morgen, Zimmerservice. Darf ich reinigen?"

Genauso hatte Wanda es ihr beigebracht.

Ute betrat den Vorflur und rief erneut laut: „Zimmerservice!"

Keine Antwort.

Sie drückte die Klinke der Zimmertüre vorsichtig hinunter und trat ein.

Das Erste, was ihr auffiel, war, dass das Zimmer offensichtlich durchwühlt worden war. Der Kleiderschrank stand auf und ein Berg von Wäsche lag davor. Auch die Schubladen der Nachtschränke waren herausgezogen und auf dem Boden entleert worden.

Erst dann wanderte Utes Blick zum Bett.

Der Anblick, der sich hier darbot, prägte sich tief in das Gedächtnis von Ute Schnellinger ein.

Vanessa Steenhagen lag, nur mit einem Bikini bekleidet, auf dem Bett. Ihre toten Augen starrten ins Leere und auf ihrer Stirn klaffte eine große, blutige Wunde.

**An dieser Stelle können Sie das Essen servieren, sofern dies geplant ist. Erst danach geht es weiter.**

*Es folgt die Vorstellungsrunde; bitte lesen Sie die Vorstellungstexte reihum in der auf den Rollen angegebenen Reihenfolge vor.*

## Aussage Wanda Pampelmues

*(bitte als 1. in der Runde vortragen)*

Ein Todesfall im Hotel ist immer furchtbar. Wir hatten das in den ganzen Jahren, in denen wir das Hotel jetzt führen, schon zweimal. Der erste Tote hat sich in seinem Zimmer aufgehangen, das war vor genau 10 Jahren. Eine schlimme Geschichte, zumal der Tote ein Freund von Jaques war! Jahre später starb eine hoch betagte Dame aus Italien in einem unserer Liegestühle an Herzversagen. Und jetzt die Frau Steenhagen. Das ist so was von schaurig. Ich war gleich vor Ort. Ute hat mich ja sofort informiert. Was mir auf den ersten Blick auffiel, ist die Tatsache, dass das Zimmer von Frau Steenhagen offensichtlich durchwühlt wurde. Die Schränke standen offen und ihr Koffer ist einfach auf dem Boden ausgeleert worden. So kürmelt eine Frau nicht herum. Da hat jemand etwas gesucht, soviel steht für mich fest.

Victoria, die Polizei hat nach den Videoaufnahmen des Hotels von der Nacht gefragt. Bitte sorgen Sie dafür, dass diese Aufnahmen ausgehändigt werden, wir wollen ja mit der Polizei kooperieren.

Da sieht man auch einmal, wie wichtig diese Videoaufnahmen vom Hotel in Notfällen sind, auch, wenn das Personal immer darüber schimpft. Vielleicht kann der Fall mit Hilfe der Aufnahmen ganz schnell und diskret gelöst werden.
Ich selbst habe übrigens den ganzen Abend, bis weit nach 22:00 Uhr, in der Küche gestanden, wie jeden Abend eben. Mein Mann Jaques war mal hier und mal dort; er ist nicht immer nur in der Küche. Er kümmert sich auch um die Gäste, fragt wie es geschmeckt hat usw. Das ist sehr wichtig für die Zufriedenheit unserer Restaurantbesucher!

# Hinweise Wanda:

*Weitere Informationen für dich! Du darfst von all diesem Wissen in der Ermittlungsrunde Gebrauch machen!*

Die Polizei bat dich eben, noch einmal einen Blick in das Zimmer 223 zu werfen; es sollte festgestellt werden, ob etwas fehlt oder verändert wurde. Dir fiel auf: Das Kopfkissen auf dem Bett ist blutverschmiert und auch im Bad wurde laut Polizei ein blutverschmiertes Handtuch gefunden. Was kann dies für den Fall bedeuten? **Gib den anderen diese Informationen zur Kenntnis und überlegt gemeinsam, was in Zimmer 223 passiert sein kann.**

<u>Was du sonst noch wissen solltest:</u>
*Du* bist hier im Haus die Spitzenköchin, *aber Jaques streicht die Lorbeeren ein.*
Du bist auch die Autorin des Kochbuches, welches voriges Jahr unter Jaques Namen veröffentlicht wurde und nun auf allen Bestsellerlisten steht. Euer Restaurant hat seitdem extremen Zulauf und die Autorentantiemen sprudeln ordentlich. Dass Jaques als Autor des Buches gilt, war dir egal. Aber nun hat der Produzent Bachhausen Jaques eine Kochshow im TV angeboten. Das geht dir zu weit, denn Jaques kocht nur mittelmäßig. Du hast von Jaques verlangt, dass er Bachhausen die Wahrheit über seine und deine Kochkünste sagt. Jaques versprach, heute im Restaurant mit Bachhausen darüber zu sprechen, aber er hat es natürlich nicht getan. Daher warst du ziemlich verärgert.
Andererseits: Jaques ist wirklich der geborene Entertainer und kümmert sich auch am Abend immer sehr viel um die Gäste im Restaurant; genauso war es gestern auch. Er war meistens draußen im Restaurant unterwegs und du hast bis 22:00 Uhr gekocht. Bis die Küche dann wieder in Ordnung ist und der Speiseplan für den nächsten Tag steht, ist es fast immer 24:00 Uhr.; Du bist erst gegen Mitternacht hoch in eure Wohnung

gegangen; Jaques lag da schon im Bett und schlief.

**Weiteres Wissen:**
Du bist seit über 20 Jahren mit Jaques verheiratet. Ihr habt das Hotel vor 11 Jahren übernommen. Der Mann, der sich ein Jahr später hier im Hotel das Leben genommen hat, hieß **Walter Müller.** Er war damals der beste Freund von Jaques und hat ihm sein ganzes Vermögen hinterlassen. (540.000,00 Euro) Mit diesem geerbten Geld habt ihr damals das Hotel umgebaut.
Der Gast **Vera Schmidtke** hat 238.000 Euro Bargeld dabei und wollte das Geld gestern in eurem Hotelsafe deponieren; Victoria Söderberg hat dich davon in Kenntnis gesetzt.
Du hast dies mit Jaques diskutiert. Ihr habt aus Versicherungsgründen ablehnen müssen.
Soeben erzählte dir Frau Schmidtke, dass in der Nacht ihre Handtasche aus dem Zimmer gestohlen wurde. Frau Schmitdkte hatte das Geld inzwischen an anderer Stelle versteckt, insofern ist nur die Tasche verschwunden. Kann dieser Handtaschendiebstahl mit der Toten in Zimmer 223 zu tun haben?
Und wie kam der Dieb in Frau Schmidtkes Zimmer, ohne die Türe aufzubrechen? Hat sie nicht abgeschlossen, oder hat sich jemand den Generalschlüssel genommen? Dieser liegt immer im Büro.
Dass die Videobänder gelöscht wurden, ist ein starkes Stück. **Geh der Sache nach.** Auf die Videoanlage haben Zugriff: Victoria, Harry, Jaques und du selbst natürlich.
Wer von diesen Personen könnte Grund gehabt haben, die Aufnahmen der letzten Nacht zu löschen?
**Und noch etwas:**
Im Büro riecht es arg verkohlt. Frage Jaques, ob er dies erklären kann. Was kann dahinter stecken?

*Nach den Ermittlungen schreibt jeder auf, wen er für den Täter hält, und später lösen wir den Fall gemeinsam auf.*

# Aussage Jaques Pampelmues

*(bitte nach Wanda Pampelmues in der Runde vortragen)*

*Anmerkung: Jaques ist Franzose. Du kannst gerne einen entsprechenden Akzent sprechen.*

Was kann ich Ihnen sagen zu all dem? Eigentlich nichts! Ich kannte Frau Steenhagen nur aus der Presse und ich wusste gar nicht, dass sie hier im Haus abgestiegen ist. Woher auch; ich kümmere mich nur um die Küche und die Gäste im Restaurant... und das mit Erfolg. Nicht nur mein Kochbuch ist ein Bestseller-Knüller, nein... künftig werde ich auch noch im Fernsehen kochen. Frank Bachhausen und ich., wir sind uns einig. Er hat ein tolles Konzept entwickelt. Es wird eine Kochshow, wie sie noch nie da gewesen ist! Die Show wird „Jaques & Gäste á la Carte!" heißen und wenn alles klappt, kommt sie am Samstagabend zur besten Sendezeit. Frank, darf ich verraten, um was es in der Show geht? Ja, darf ich? Also, es wird eine Kochshow mit einem singenden Koch... nämlich mir! Ich singe leidenschaftlich gerne. Wollen Sie mal etwas hören? Ja?
*(Jaques singt, wenn er mag, ein französisches Chanson an...)*

Diese Publicity wird sich auch im Restaurant und Hotel Pampelmues niederschlagen. Ich denke schon über einen Anbau nach, um die Gäste dann alle unterzubringen.

So, und jetzt müsste ich eigentlich auf den Großmarkt und Wanda schon mal in die Küche. Heute Abend haben wir wieder ausverkauftes Haus, alle Tische sind reserviert. Ich bin sehr dafür, dass wir uns mit der Aufklärung beeilen!

# Hinweise Jaques:

*Weitere Informationen für dich! Du darfst von all diesem Wissen in der Ermittlungsrunde Gebrauch machen!*

**Allgemeines Wissen:**
Die Spitzenköchin hier im Haus ist deine Frau Wanda. Sie hat auch das Kochbuch geschrieben, welches unter deinem Namen veröffentlicht wurde und ein echter Verkaufsschlager geworden ist.

Damit war Wanda einverstanden; sie besteht aber darauf, dass du Frank Bachhausen jetzt die Wahrheit sagst, bevor die Kochshow mit dir produziert wird.

Abends kocht hauptsächlich Wanda, während du die Gäste im Restaurant betreust. Du bist also nicht ständig in der Küche, sondern hältst dich viel im Restaurant oder auch in der Bar auf.

Du hast vor 10 Jahren mit einem Komplizen (**Walter Müller**) die Heberlein-Bank ausgeraubt. Walter tötete damals versehentlich einen Bankkunden (Willi Bellafontes).

Walter war über seine Tat so unglücklich, dass er sich später hier im Hotel das Leben genommen hat. Walters Frau wollte nichts von der Beute haben. Du hast nie wieder von ihr gehört und somit die gesamten 540.000 Euro alleine behalten. Wanda weiß nichts vom Überfall. Du hast ihr damals erzählt, Walter habe dir sein „Vermögen" vererbt. Das Geld habt ihr im Hotel investiert.

Gestern reiste **Vanessa Steenhagen** an. Sie ist die Tochter von Walter Müller. Ihre Mutter ist verstorben und hat ein Tagebuch hinterlassen, in welchem alles über den Banküberfall nachzulesen ist; so auch deine Beteiligung. Vanessa hat dich mit dem Tagebuch erpresst. Sie forderte die Hälfte der Beute von damals. Du hast sie um etwas Zeit gebeten, das Geld zu beschaffen, aber du hattest keine Idee, wie du das machen sollst.

Dann schien plötzlich die Lösung in Sicht, denn:
Wanda erzählte dir, dass der Gast Vera Schmidtke 238.000 Euro in der Handtasche mitführt. Sie wollte das Geld im Hotelsafe deponieren, dies habt ihr aus Versicherungsgründen aber abgelehnt. Du hast Vera am Abend beobachtet und bemerkt, dass sie sehr früh schlafen gegangen ist. Später bist du mit dem Generalschlüssel in ihr Zimmer geschlichen und hast die Handtasche gestohlen; sie stand gleich vorne an der Garderobe. Leider war die Handtasche aber leer; Vera muss das Geld inzwischen an anderer Stelle versteckt haben. Du hast die Handtasche daraufhin in einem Wagen der Putzkolonne entsorgt und bist ins Büro gegangen, um die Videoaufnahmen vom Hotel zu löschen. Schließlich sollte niemand sehen, dass du in Veras Zimmer warst.

Im Büro hast du dann auf dem Monitor gesehen, dass Vanessa Steenhagen im Hallenbad war. Du bist daraufhin mit dem Generalschlüssel in Zimmer 223 gegangen, um das Tagebuch zu suchen. Du hast es auf Anhieb gefunden; es lag im Nachttisch. Gerade als du das Zimmer mit dem Tagebuch verlassen wolltest, stand Vanessa plötzlich im Zimmer. Sie griff dich an. Du hast eine Flasche gegriffen und sie damit niedergeschlagen. Dann hast du die Flasche abgewischt und das Zimmer mit dem Tagebuch verlassen. Das Tagebuch hast Ddu später in einem Papierkorb im Büro verbrannt. Dabei hast du den Feueralarm ausgelöst.

Wichtig: DU hast Vanessa Steenhagen nicht getötet, sondern nur niedergeschlagen. Du hast auch das Zimmer nicht durchwühlt. Es muss noch jemand nach dir in Zimmer 223 gewesen sein.

Und noch eine Anmerkung: Harry Bellafontes ist der Sohn des seinerzeit getöteten Bankkunden. Du hast ihm damals per

Brief eine Stelle in deinem Haus angeboten, weil du etwas für die Familie tun wolltest. Er nahm die Stelle gerne an; seitdem arbeitet er hier in der Bar und im Service.

*Nach den Ermittlungen schreibt jeder auf, wen er für den Täter hält, und später lösen wir den Fall gemeinsam auf.*

# Aussage Victoria Söderberg
*(bitte nach Jaques Pampelmues in der Runde vortragen)*

Ich muss Ihnen etwas wirklich Unerklärliches erzählen:
Die Videoaufnahmen aus der Nacht... sie sind nicht mehr da!
Die Anlage war ausgestellt und die Bänder gelöscht; es gibt
keinerlei Material von gestern. Ich kann mir das nicht erklären.
Normalerweise löschen wir die Aufnahmen immer erst nach
ein paar Tagen, wenn es keine besonderen Vorkommnisse gab.
Der Monitor steht ja im Büro, aber die Anlage kann man vom
Büro und von der Rezeption aus bedienen. Ich bin wirklich
entsetzt.

Die Polizei hat mich gefragt, ob mir gestern etwas aufgefallen
ist, ob irgendetwas anders war als sonst. Wenn ich es richtig
überlege, gab es 2 Dinge, die irgendwie nicht alltäglich waren:

Zum einen wurden die Koffer von Frau Vera Schmidtke und
Frau Vanessa Steenhagen verwechselt. Frau Steenhagen rief
sehr aufgeregt in der Rezeption an und sagte, sie habe den
falschen Koffer aufs Zimmer bekommen.
Daraufhin bin ich gleich los und habe bei Frau Schmidtke
geklopft. Die Koffer wurden getauscht und fertig. Ich erwähne
dies nur der Ordnung halber. Es hat sicher nichts mit dem Tod
von Frau Steenhagen zu tun, oder?

Außerdem wollte Frau Schmidtke heute Nachmittag einen
großen Umschlag im Safe deponieren. Ich muss mich immer
erkundigen, was deponiert wird, denn ich muss es quittieren.
Als sie mir dann sagte, was darin ist... also da musste ich erst
mal die Chefin fragen, ob ich so was annehmen darf. Ehrlich
gesagt, habe ich so etwas noch nie erlebt. Sachen gibt es. Meine
Güte.

# Hinweise Victoria

*Weitere Informationen für dich! Du darfst von all diesem Wissen in der Ermittlungsrunde Gebrauch machen!*

Du bist die uneheliche Tochter von Dr. Anton Heberlein; dies weißt du seit einigen Jahren. Ihr trefft euch ab und zu. Antons Ehefrau Verena weiß bisher nichts von deiner Existenz. Bei diesem Besuch jetzt hier im Hotel wollte Anton mit dir deine Adoption besprechen. Um in Ruhe reden zu können, seid ihr beiden gestern Abend noch in einen Club gefahren. Ihr habt bei diesem Gespräch beschlossen, Verena beim Frühstück zu informieren; sie muss nun endlich alles über dich und die Adoptionspläne erfahren. Du bist mit Anton ca. gegen 23:30 Uhr wieder zurück ins Hotel gekommen.

**Weiteres Wissen:**
Die ermordete Vanessa Steenhagen hat bei der Anmeldung an der Rezeption den Namen „AMELIE Müller" eingetragen. Hat den Namen schon einmal jemand gehört? Frage danach.

**Harry Bellafontes** hat die Koffer auf die Zimmer von Frau Vera Schmidtke und Frau Vanessa Steenhagen getragen; er hat die Gepäckstücke aber verwechselt, da sie fast identisch sind. Du hast das später, nach einem Anruf von Frau Steenhagen, in Ordnung gebracht und die Koffer zurückgetauscht.

Harry chattet nach Schließen der Bar nachts heimlich am Computer der Rezeption; sie ist um diese Uhrzeit nicht mehr besetzt. Was macht er dort im Internet?
Und kann es sein, dass Harry die Videoaufnahmen gelöscht und die Anlage ausgestellt hat? Fakt ist, dass man sich schon ein bisschen auskennen muss, um die Bänder zu löschen. Nur Wanda, Jaques, Harry und du könntet dies getan haben.

**Vera Schmidtke** wollte heute einen großen Umschlag im Hotelsafe an der Rezeption deponierten. Es ist deine Pflicht, zu fragen, was in dem Umschlag ist und dieses dann zu quittieren. Zu deiner Überraschungen erklärte dir Frau Schmidtke, es seien 238.000 Euro in dem Umschlag. Du hast Wanda gefragt, ob du das Geld annehmen darfst. Sie sagte, sie würde sich darum kümmern. Was ist aus dem Geld geworden? Wo ist es jetzt? Und wie kommt Frau Schmidtke an so viel Geld? **Frag einmal danach.**

**Ein Zimmermädchen** hat eben die gestohlene Handtasche von Frau Schmidtke gefunden. Sie lag wohl in einem Wagen der Putzkolonne. Dieser Wagen steht auf dem Flur gleich neben dem Büro und dem Personalaufenthaltsraum. Gäste aus dem Haus kommen hier kaum vorbei.
**Sprich den Fund der Handtasche bitte an. Die anderen wissen noch nichts davon.**
Die Papiere usw. sind alle noch vorhanden, dies wird Vera Schmidtke sicher sehr freuen.

**Du fragst dich allerdings:** Wie kam der Dieb in das Zimmer von Frau Schmidtke? Die Türe wurde nicht aufgebrochen.
Es gibt nur 2 Möglichkeiten:
Frau Schmidtke hat nicht abgeschlossen, oder der Täter hatte einen Schlüssel/Generalschlüssel. Der Generalschlüssel wird im Büro aufbewahrt.

*Nach den Ermittlungen schreibt jeder auf, wen er für den Täter hält, und später lösen wir den Fall gemeinsam auf.*

## Aussage Dr. Anton Heberlein

*(bitte nach Victoria Söderberg in der Runde vortragen)*

Ich bin Dr. Anton Heberlein und bitte um äußerste Diskretion. Ich kannte die Tote nur flüchtig, von verschiedenen Events. Wir sind uns z.b. bei Spendengalas begegnet oder bei der Verleihung von Fernsehpreisen. Mehr gibt es nicht zu berichten und mehr gedenke ich auch nicht dazu zu sagen. Alles andere ist eine reine private Angelegenheit!

# Hinweise Dr. Anton Heberlein

*Weitere Informationen für dich! Du darfst von all diesem Wissen in der Ermittlungsrunde Gebrauch machen!*

Du kanntest Vanessa Steenhagen nur sehr flüchtig und du hattest nie eine Affäre mit ihr.

Allerdings:
Im Laufe der letzten 25 Jahre bist du mit anderen Frauen gleich viermal Vater geworden. Dies weiß deine Frau Verena nicht. **Eines deiner Kinder ist die Rezeptionistin Victoria Söderberg.** Du willst Victoria adoptieren und hattest in diesem Zusammenhang einiges mit ihr zu besprechen. Nur aus diesem Grunde bist du hierher, ins Hotel Pampelmues, gereist. Gestern Abend bist du mit Victoria in eine Bar gefahren. Ihr habt vereinbart, deiner Frau Verena heute Morgen alles über Victoria und die Adoptionspläne zu erzählen. Dies solltet ihr gleich auch einmal tun; sie ist ja völlig ahnungslos.

Die Kürzel deiner anderen Kinder lauten:
A.S. = Alexander Stängel, B.V.: Bianca Vettel und C.B.: Conny Bertram. All diese Kürzel tauchen immer wieder in deinem Terminkalender auf , da du die Kinder auch alle ab und zu triffst.

Die Heberlein-Bank ist seit zwei Generationen in eurem Familienbesitz. Die Bank wurde vor 10 Jahren überfallen; die Täter erbeuteten 540.000 Euro und wurden nie gefasst. Leider kam bei diesem Überall ein zufällig anwesender Bankkunde ums Leben. Die Bank hat der Familie des Opfers damals 50.000 Euro als Schmerzensgeld gezahlt. Die Polizei vermutete seinerzeit, dass die Täter Insiderwissen hatten; es war selten so viel Bargeld im Kassenraum. Das Opfer vom Banküberfall hieß Willi Bellafontes.

**Frag einmal den Barmann Harry Bellafontes, ob er mit dem Mann verwandt war.**

**Weitere Hinweise:**
Ein Auktionshaus hat dich gestern angerufen und nach einer Expertise für ein Bild aus eurem Besitz gefragt. Verena hat dieses Bild ohne dein Wissen letzte Woche dort zum Verkauf abgegeben. Es ist ca. 120.000,00 Euro wert. Das Bild stand immer auf dem Speicher bei euch. Du fragst dich, warum Verena das Bild zum Verkauf gibt, ohne mit dir darüber zu sprechen. Braucht sie Geld? **Frag sie danach.**

Und auch dies ist vielleicht wichtig:
Deine Frau Verena war vor eurer Ehe kurz mit einem Mann namens **Walter Müller** liiert. Diese Beziehung endete aber vor 10 Jahren. Ein Jahr später hast du Verena bei der Weihnachtsfeier eurer Bank kennengelernt; sie arbeitete damals bereits längere Zeit bei der Heberlein-Bank als Anlageberaterin.
Sprich diese frühere Beziehung von Verena auch einmal an. **Hat sie je wieder von Walter Müller gehört?**

*Nach den Ermittlungen schreibt jeder auf, wen er für den Täter hält, und später lösen wir den Fall gemeinsam auf.*

# Aussage Verena Heberlein

*(bitte nach Dr. Anton Heberlein in der Runde vortragen)*

Anton ist ja mal wieder sehr kurz angebunden. Machen Sie sich nichts daraus; ich kenne das schon. Er redet wirklich immer nur das Nötigste. Manchmal denke ich, ich bin mit einem Bild ohne Ton verheiratet! Also werde ich Ihnen ein paar Auskünfte über uns geben; hernach denken Sie sonst noch, wir Heberleins hätten etwas zu verbergen.

Mein Mann und ich haben uns vor 9 Jahren auf der Weihnachtsfeier der Bank kennengelernt; ich war dort Anlageberaterin. Vor ein paar Tagen habe ich in Antons Kalender geschaut, weil ich wissen wollte, ob er an diesem Wochenende frei ist. Ich wollte gerne mit ihm nach Mallorca auf unsere Finca reisen. Jedenfalls entdeckte ich in seinem Kalender diesen Termin hier, versehen mit dem Kürzel V.S.
Mir kam das komisch vor; ich kenne keine V.S. und deshalb bin ich auch hierher gefahren.
Als ich dann die aus der Presse bekannte Vanessa Steenhagen sah, war mir alles klar.
Anton war, da bin ich sicher, mit Vanessa Steenhagen verabredet. Diese Erkenntnis hat mich völlig aus der Bahn geworfen. Daher habe ich mich gestern für einen Moment vergessen und leider zu viel getrunken. Dies bedauere ich sehr; es ist sonst nicht meine Art.
Es gibt übrigens weitere Kürzel im Kalender meines Mannes: Neben V.S. gibt es noch, Moment, ich muss eben nachlesen: A.S., B.V., C.B.! Hier sind doch sicher einige Frauen anwesend. Was würden Sie denken, wenn Sie so was lesen?
Das alles sind mit Sicherheit andere Frauen. Diese Kürzel kommen immer und immer wieder in seinem Terminer vor, aber am häufigsten eben V.S.
Anton, ich weiß wirklich nicht, wie das mit uns weitergehen soll. Ich weiß, dass du immer so viel Wert auf Diskretion legst, aber ich bin mit meinen Nerven am Ende. Diese

Frauengeschichten... müssen aufhören. Auch, wenn du immer diskret warst: Ich will das nicht mehr hinnehmen!

Auch, wenn ich jetzt deiner Meinung nach zu viel geplaudert habe; Anton, mir reicht es!

# Hinweise Verena Heberlein

*Weitere Informationen für dich! Du darfst von all diesem Wissen
in der Ermittlungsrunde Gebrauch machen!*

Vor deiner Ehe mit Anton warst du kurz mit einem Mann
namens **Walter Müller** liiert. Walter war, auf der Suche nach
einem finanzstarken Ehemann, so eine Art „**Übergangsmann**"
für dich.
Gleich nach dem Überfall auf die Bank verschwand Walter aus
deinem Leben; du hast nie wieder von ihm gehört. Leider hast
du Walter damals von den 540.000 Euro erzählt, die an dem
Überfalltag bar im Kassenraum sein würden. Du hast also
Insiderwissen weitergegeben und vermutest seit damals, dass
Walter die Bank mit einem Komplizen überfallen hat.

Nun hat dich die Vergangenheit eingeholt, denn:
Letzte Woche rief Vanessa Steenhagen bei dir an. Sie ist die
Tochter von Walter Müller. Ihre Mutter ist kürzlich verstorben
und hat ein Tagebuch hinterlassen. Darin steht geschrieben,
dass der Geld-Tipp damals von dir kam. Vanessa hat dich
erpresst: Sie wollte 100.000,00 Euro Schweigegeld, andernfalls
wollte sie Anton das Tagebuch zuspielen. Du hast daraufhin
ein wertvolles Bild aus eurem Privatbesitz an ein Auktionshaus
gegeben, um das Geld zu erzielen. Es stand seit Jahren auf dem
Speicher; Anton wird es kaum vermissen. Noch aber ist das
Bild nicht verkauft, die nächste Auktion ist erst in 2 Wochen.
Vanessa hatte dir zugesagt, solange zu warten und nichts zu
unternehmen.

Gestern dann hast du in Antons Kalender das Kürzel V.S.
entdeckt und „Hotel Pampelmues". Du hast dich sehr
erschrocken und angenommen, dass Vanessa doch schon mit
Anton Kontakt aufgenommen hat, um ihm von dem Überfall
damals zu berichten. Daher bist du auch ins Hotel gekommen.
Du wolltest herausfinden, was Vanessa von Anton will, bzw.,
warum sie sich treffen. Aber war Anton wirklich mit Vanessa

Steenhagen verabredet? Er ist gestern Abend mit Victoria Söderberg weggefahren und erst spät, gegen 23:00 Uhr, mit ihr zurückgekommen. Sie hat auch die Initialen V.S.

Du hast Vanessa gestern um 21:43 Uhr auf ihrem Handy angerufen und um ein Gespräch gebeten. Sie war im Schwimmbad und sagte, sie käme kurz in ihr Zimmer hoch. Eine Viertelstunde später hast du bei ihr geklopft. Sie öffnete die Türe und presste sich ein Handtuch auf die blutende Stirn. Außerdem wirkte sie sehr benommen und wankte sofort ins Bad. Du hast die Gelegenheit genutzt und rasch das Zimmer nach dem Tagebuch durchsucht. Plötzlich kam Vanessa wieder aus dem Bad und sah, dass du ihr Zimmer durchwühlst. Es gab ein Gerangel und schließlich hast du Vanessa auf dem Bett mit dem Kissen zum Schweigen gebracht. Das Tagebuch hast du leider nicht gefunden. Warum war Vanessa verletzt? Sie blutete an der Stirn und war, wie schon erwähnt, sehr benommen. Da muss schon jemand vor dir im Zimmer gewesen sein, aber wer? Wenn ihr das herausfindet, kannst du den Verdacht auf diese Person lenken. Und hat diese Person das Tagebuch an sich genommen?

Übrigens hat auch Vera Schmidtke das Kürzel V.S. Bring dies in die Diskussion ein; so stiftest du Verwirrung und es lenkt auf jeden Fall von dir ab.

**Gib auf keinen Fall ein Geständnis ab.**
*Nach den Ermittlungen schreibt jeder auf, wen er für den Täter hält, und später lösen wir den Fall gemeinsam auf.*

## Aussage Harry Bellafontes

*(bitte nach Verena Heberlein in der Runde vortragen)*

Ich bin seit 9 Jahren hier im Hotel als Barkeeper tätig. Man erlebt in diesem Job so manches, erlangt eine große Menschenkenntnis und muss vor allem verschwiegen sein und diskret.

Die Vanessa Steenhagen kenne ich nur aus dem Fernsehen, aber hier, im Hotel Pampelmues, steigen immer wieder auch mal Prominente oder solche, die sich dafür halten, ab. Insofern war es jetzt nicht so ungewöhnlich.
Heute, am frühen Abend, war die Frau Steenhagen in der Bar, um was zu trinken

Heberleins saßen zu dieser Zeit auch in der Bar; an einem Tisch am Ausgang. Da lag eine Spannung in der Luft zwischen den Damen Heberlein und Steenhagen, die konnte ich, als erfahrener Barmann, förmlich körperlich spüren.

Später kam noch Frau Schmidtke von Zimmer 217. Sie trank 2 bis 3 Eierlikörchen, dann erklärte sie mir, sie habe eine lange Anreise gehabt und wolle mal so richtig ausschlafen. Das war gegen 21:00 Uhr. Was bei dieser Dame auffiel, war, dass sie ihre Handtasche nicht losgelassen hat. Sie hatte sie die ganze Zeit auf dem Schoß und klammerte sich regelrecht daran fest.

Der Chef war auch kurz in der Bar. Er hat Frau Schmidtke noch eine angenehme Nacht gewünscht und sich dann, wie jeden Abend, nach den Tageseinnahmen erkundigt.

Ich habe die Bar, wie immer, gegen 24:00 Uhr geschlossen. Dann habe ich noch aufgeräumt. Sonst war nichts Besonderes.

# Hinweise Harry Bellafontes
*Weitere Informationen für dich! Du darfst von all diesem Wissen
in der Ermittlungsrunde Gebrauch machen!*

Vor 10 Jahren wurde dein Vater, Willi Bellafontes, in der
Heberlein-Bank als Zufallsopfer bei einem Überfall erschossen.
Die Bank hat daraufhin 50.000,00 Euro Schmerzensgeld an
deine Familie gezahlt, aber das Geld war schnell verbraucht.
Jaques Pampelmues hat damals von dem unglücklichen Tod
deines Vater erfahren; er bot dir per Brief eine Stelle in seinem
Haus an. Seitdem arbeitest du hier in der Bar und im Service.
Die Eheleute Pampelmues hatten das Haus kurz zuvor
übernommen und sehr rasch alles renoviert und umgebaut.

Die Spitzenköchin hier ist Wanda. Jaques kocht nur
durchschnittlich; er streicht allerdings die Lorbeeren für die
hervorragende Küche im Restaurant Pampelmues ein.
Allerdings kann Jaques das Haus viel besser nach außen
präsentieren als Wanda. ER geht am Abend regelmäßig durch
Restaurant und Bar und kümmert sich um die Gäste.

Gestern hat Jaques die Vera Schmidtke in der Bar sehr genau
beobachtet. Du hast den Eindruck, sie gefällt ihm sehr. ER wird
doch nicht auf Abwegen sein? Sprich dies ruhig mal an.

Du hast Frau Steenhagen und Frau Schmidtke nach ihrer
Anreise die Koffer aufs Zimmer gebracht. Leider hast du die
Gepäckstücke aber verwechselt, sie sind fast identisch. Victoria
hat dies später in Ordnung gebracht und die Koffer
zurückgetauscht.

Du nutzt nach Dienstschluss den PC an der Rezeption für
private Zwecke. Unter dem Namen „Johannes" pflegst du auf
diese Weise Damenbekanntschaften, um vielleicht doch noch
die Frau deines Lebens kennen zu lernen. Dies ist in deinem Job
auf normalem Weg fast unmöglich. Deine Arbeitszeiten sind

einfach nicht beziehungsfähig.
Deine aktuelle Bekanntschaft ist eine Dame namens Dörte.
Im Chat versteht ihr euch wirklich gut. Sie schrieb dir kürzlich,
sie wolle dich sehen, aber du hast sie zunächst abgewimmelt.
Warum eigentlich? Vielleicht ist diese Dörte die Frau deines
Lebens und vielleicht sitzt Dörte auch hier mit am Tisch!
Versuche herauszufinden, wer Dörte ist.

Victoria und Bankdirektor Heberlein tuscheln viel miteinander
und strahlen sich ständig so glücklich an. Was ist da wohl los?
Frag Victoria einmal danach. Victoria ist viel zu jung für Herrn
Heberlein; sie könnte ja seine Tochter sein.

Dein Traum ist ein eigenes Hotel; leider hast du noch nicht
genug gespart.


*Nach den Ermittlungen schreibt jeder auf, wen er für den Täter
hält, und später lösen wir den Fall gemeinsam auf.*

## Aussage Vera Schmidtke

*(bitte nach Harry Bellafontes in der Runde vortragen)*

Mein Name ist Vera Schmidtke. Ich bin Golfballtaucherin von Beruf und mache hier ein paar Tage Urlaub. Allerdings muss ich sagen, dass ich mich hier nicht sehr wohl fühle. Gestern Nacht wurde mir, während ich schlief, aus dem Zimmer die Handtasche gestohlen. Heute Morgen war sie einfach weg. Ich habe sie gestern Abend im Vorflur meines Zimmers an der Garderobe abgestellt. Ich finde das so etwas von gruselig. Vielleicht war ja sogar der Mörder in meinem Zimmer! Das darf man sich ja gar nicht ausmalen.

Ich kannte die Tote jedenfalls nicht. Allerdings wurden bei der Anreise unsere Koffer vertauscht. Ich erhielt ihren aufs Zimmer und sie dann meinen. Ich habe das, als ich den Koffer geöffnet habe, sofort gemerkt; sie hatte sehr feine Wäsche im Koffer, so mit Spitze und so.

Die Verwechslung war sonst keine große Sache. Als ich an der Rezeption anrufen wollte, um den Irrtum zu melden, klopfte schon die Frau Vici an meine Türe und brachte mir den richtigen Koffer.

Gesehen habe ich die Frau Steenhagen persönlich also gar nicht.
Falls irgendjemand meine Tasche findet, wäre ich froh, er meldet sich gleich. Da sind ja alle Papier drinnen! Also so was Ärgerliches, in so einem feinen Haus. Das hätte ich nicht für möglich gehalten.
Frau Pampelmues, machen Sie mir bitte die Rechnung fertig!

# Hinweise Vera Schmidtke

*Weitere Informationen für dich! Du darfst von all diesem Wissen
in der Ermittlungsrunde Gebrauch machen!*

Vor 3 Wochen hast du 238.000 Euro im Lotto gewonnen;
seitdem arbeitest du nicht mehr als Golfplatztaucherin,
sondern suchst nach einer geeigneten Kapitalanlage. Das Geld
aus dem Gewinn hast du immer BAR bei dir. Denn du traust den
Banken nicht. Du wolltest es nach der Anreise im Hotelsafe
hinterlegen, damit es gut aufgehoben ist. Leider wurde dies von
der Hotelleitung aus Versicherungsgründen abgelehnt. Du hast
es daraufhin unter die Matratze gestopft und darauf
geschlafen. Wer auch immer heute Nacht in deinem Zimmer die
Handtasche gestohlen hat: Die Person hatte es sicher auf das
Geld abgesehen. Wer wusste von dem Geld und wer konnte
deine Zimmertüre aufschließen? Du bist sicher, dass du gut
abgesperrt hattest.

Dein Koffer wurde nach deiner Anreise mit dem Koffer von
Vanessa Steenhagen vertauscht. Du hast den vertauschten
Koffer geöffnet, obenauf ein Tagebuch gefunden und kurz darin
geblättert. Auf der ersten Seite stand als Widmung: "Die
Wahrheit, für meine Tochter Amelie. In Liebe Mutti."
Leider konntest du nicht weiter lesen, denn gerade, als es
spannend wurde, klopfte Victoria Söderberg und tauschte die
Koffer zurück. **Sprich dies bitte an. Wer ist Amelie?** Hat
schon einmal jemand diesen Namen gehört? Und kann das
Tagebuch etwas mit Vanessas Tod zu tun haben?

**Du hast die Polizei eben nach dem Tagebuc**h gefragt; sie
sagten dir, es sei kein Tagebuch in Zimmer 223 gefunden
worden. **Wo kann das Tagebuch also sein?** Hat es der Mörder
mitgenommen und wurde Vanessa Steenhagen vielleicht wegen
dieses Tagebuches ermordet?
Es könnte aber auch sein, dass Wanda das Tagebuch – nach
dem Leichenfund- an sich genommen hat. Sie wurde ja sofort

nach dem Leichenfund von Ute informiert und war sicher auch kurz alleine im Zimmer. **Sprich dies an.**

Gestern Nacht hast du im Halbschlaf einen Feueralarm gehört; nur ganz kurz, aber eben auch sehr laut. Was war da los? Frag einmal danach! Das war so gegen 23:00 Uhr.

Geld alleine macht auch nicht glücklich. Viel lieber würdest du endlich einen Mann fürs Leben kennenlernen.
In deiner Freizeit chattest du daher im Internet auf Flirt-Hotlines.
Dort nennst du dich Dörte.
Deine neueste Bekanntschaft nennt sich „Johannes" und du hast herausgefunden, dass er hier aus diesem Hotel chattet.
Da du gerade viel Zeit hast, bist du hierher gereist, um Johannes zu suchen.

Ob wohl Johannes und Jaques identisch sind? Jaques hat dich gestern mehrfach so freundlich angelächelt und du hattest den Eindruck, als beobachte er dich. Allerdings ist er verheiratet! Johannes aus dem Chat hat geschrieben, er sei frei. Versuche zu klären, wer hier am Tisch der geheimnisvolle Johannes ist.

Dein Traum wäre ein eigenes Hotel; vielleicht kannst du dich mit deinem Lottogewinn ja in ein gutes Haus einkaufen.

*Nach den Ermittlungen schreibt jeder auf, wen er für den Täter hält, und später lösen wir den Fall gemeinsam auf.*

## Aussage Frank Bachhausen
*(bitte nach Vera Schmidtke in der Runde vortragen)*

Ich bin, wie Sie ja inzwischen alle wissen, TV-Produzent. Meine Firma produziert fast ausschließlich Kochsendungen und wir haben da große Erfahrungen. Wenn man einen Koch wie Jaques Pampelmues für so eine Show gewinnen kann, ist das eine tolle Sache.

Nun zu gestern Abend: Ich kenne Vanessa Steenhagen bereits seit einigen Jahren. Sie war eine ganz gute Schauspielerin und man begegnet sich in der Branche ja immer wieder. Ich habe vor ein paar Wochen, bei einem Filmball in Berlin, mal versucht, bei ihr zu landen. Damals hat sie mich abblitzen lassen. Gestern rief sie dann, für mich völlig überraschend, in meinem Zimmer an und fragte, ob ich Lust habe, am Abend ein paar Runden mit ihr im Hallenbad zu schwimmen. Vanessa war eine schöne Frau... Welcher Mann sagt da NEIN? Ich jedenfalls nicht. Wir haben uns im Bad getroffen. Sie wirkte irgendwie nicht so kess wie sonst. Eher nachdenklich und still. Ich denke, irgendwas hat ihr zu schaffen gemacht. Auf meine Nachfrage sagte sie nur, ihre Mutter sei vor Wochen gestorben und sie müsse nun ein paar Dinge in Ordnung bringen. Mehr war nicht aus ihr heraus zu bringen. Ich bin dann schließlich für einen Saunagang in dieselbe. Und als ich raus kam, war Vanessa fort. Das war kurz vor zehn.

Da ihr Handtuch noch auf der Liege lag und ihr Glas noch halbvoll war, nahm ich an, sie käme gleich wieder. Aber dem war nicht so. Ich habe noch eine Weile gewartet und bin dann,kurz vor elf ca., hoch in mein Zimmer. Natürlich habe ich nicht mehr bei ihr angeklopft, denn ich wollte ihr nicht nachlaufen. Das habe ich echt nicht nötig. Insofern bin ich ohne Umweg in mein Zimmer und habe mich schlafen gelegt. Ich dachte, sie zickt einfach ein bisschen herum. Das sie da schon tot auf dem Bett lag... ist wirklich eine sehr unangenehme Vorstellung.

# Hinweise Frank Bachhausen
*Weitere Informationen für dich! Du darfst von all diesem Wissen in der Ermittlungsrunde Gebrauch machen!*

Du bist vermutlich der einzige hier, der etwas mehr über Vanessa Steenhagen weiß.
Vanessa Steenhagen war nur ein Künstlername; richtig hieß sie Amelie Müller.

Es wird zwar getuschelt, aber du glaubst nicht, dass Vanessa mit Anton Heberlein ein Verhältnis hatte. Dies hätte zu Vanessa, aber nicht zu Anton Heberlein gepasst. Heberlein hat zwar, dies ist bekannt, immer wieder Affären. Es sind aber stets sehr seriöse Frauen, die Diskretion bewahren und dieser Typ Frau war Vanessa nicht.

Vor Wochen hat dir ein Bekannter erzählt, dass Anton Heberlein diverse Kinder von diversen Frauen hat. Ob an diesem Gerücht etwas dran ist, kannst du nicht sagen. **Erzähle den anderen von diesem Gerücht.**

Du fragst dich, warum Vanessa gestern so plötzlich aus dem Schwimmbad verschwunden ist. Sie hatte dir gerade noch vom Tod ihrer Mutter berichtet. Diese hat ihr wohl ein Tagebuch hinterlassen. Vanessa sagte dir, dass sie durch dieses Tagebuch sehr viel über ihre Eltern erfahren hat.
Sie sagte dies eher kritisch als liebevoll; irgendetwas in dem Tagebuch scheint ihr nicht gefallen zu haben. Leider hast du nicht mehr erfahren.

Warum sind die Eheleute Heberlein getrennt hier angereist? Frage mal genau nach, warum Anton hier ist und wen er in der Bar erwartet hat, als so überraschend seine Frau hinter ihm stand. (Vorlesegeschichte)

Gestern Nacht hast du den Alarm gehört; das war so gegen

23:00 Uhr. Der Alarm war nur ganz kurz. Du hast auf den Gang geguckt, aber es herrschte schon wieder Ruhe. **Sprich dies an.** Hat noch jemand etwas gehört?

Egal, was du heute über Jaques erfährst: Er bleibt dein Mann für die Koch-Show, denn er ist der geborene Entertainer. Übrigens planst du ebenfalls eine CD mit Jaques. Er soll seine Lieblings-Chansons aufnehmen. Wetten, dass auch dies ein Verkaufsschlager wird?

Denkbar sind auch Jaques-Gewürze, Jaques-Schürzen, Jaques-Öle, Jaques-Tassen usw., usw. **Berichte den anderen von diesen Plänen.**

Und noch ein heißer Tipp:
Verliere bei den Ermittlungen den Banküberfall von vor 10 Jahren nicht aus den Augen.

*Nach den Ermittlungen schreibt jeder auf, wen er für den Täter hält, und später lösen wir den Fall gemeinsam auf.*

## Aussage Ulli - Azubi in der Küche
*(bitte nach Frank Bachhausen in der Runde vortragen)*

Als Azubi hat man nicht viel zu lachen. Der Job in der Küche ist echt herb. Ich muss allerdings ein großes Lob an meine Ausbilder aussprechen. Was ich hier alles in meinem ersten Jahr gelernt habe, ist schon klasse. Vor allem Wanda... die kocht, das ist ein Traum.
Mehr kann ich wirklich nicht sagen... Ich bin ja kaum vorne.

# Hinweise Ulli

*Weitere Informationen für dich! Du darfst von all diesem Wissen in der Ermittlungsrunde Gebrauch machen!*

Wanda kann sehr viel besser kochen, als Jaques. Du bist feste der Meinung, dass das Haus ohne Wanda kaum seinen guten Ruf erkocht haben könnte.

Höre gut zu, was die anderen heute Abend aussagen. Du wirst kaum unter Verdacht geraten und kannst daher besonders gut zuhören und deine Schlüsse ziehen!

Bedenke:
Die meisten Morde sind Beziehungstaten und geschehen aus Eifersucht, Liebe oder Gier.
Was könnte hier passiert sein, in Zimmer 223?

Viel Spaß bei den Ermittlungen.

*Nach den Ermittlungen schreibt jeder auf, wen er für den Täter hält, und später lösen wir den Fall gemeinsam auf.*

## Aussage Ute - Azubi Hotelfachfrau

*(bitte nach Ulli in der Runde vortragen)*

Ich habe ja die Leiche gefunden... und ich stehe echt unter Schock! Der Doktor hat mir eine Spritze gegeben... und nun bin ich ziemlich schläfrig.

Ich glaube nicht, dass ich Ihnen viel Neues berichten kann. Sie lag einfach so da..., tot war sie auf jeden Fall. Das sah man ja gleich an den schrecklich starren Augen!

Ich habe dann sofort die Frau Pampelmues geholt. Die weiß immer, was zu tun ist.

# Hinweise Ute

*Weitere Informationen für dich! Du darfst von all diesem Wissen in der Ermittlungsrunde Gebrauch machen!*

Liebe Ute, du wirst nicht unter Verdacht geraten. Daher kannst du besonders gut zuhören und ermitteln!

Höre genau hin und mache dir Notizen. Die meisten Morde sind Beziehungstaten und sehr viel anders wird es hier auch nicht sein.

Wer stand mit wem in welcher Verbindung?
Versuche, den Abend im Zeitraffer genau zu konstruieren.
Wer hatte Zugang zu den gelöschten Videobändern?
Wer wusste von dem Geld in Frau Schmidktes Handtasche?
Was macht Harry Bellafontes nachts nach Dienstschluss? Er ist ja immer der Letzte des Personals und schließt auch immer das Hotel ab.

Viel Erfolg!

*Nach den Ermittlungen schreibt jeder auf, wen er für den Täter hält, und später lösen wir den Fall gemeinsam auf.*

# Aussage Neutraler Beobachter

*(bitte als letzter in der Runde vorlesen)*

Ich nehme als neutraler und unabhängiger Beobachter an dieser Ermittlungsrunde teil.

Dies ist insofern von Vorteil, als dass ich sehr genau hinhören und aufpassen kann, denn ich bin nicht so befangen wie alle anderen am Tisch.

Der Mörder kann sich also darauf gefasst machen, dass ich die Person bin, vor der er sich am meisten in Acht nehmen muss.

Ich werde sehr genau darauf achten, was die einzelnen Personen aussagen und bin sicher, dass ich dem Täter auf die Spur kommen werde.

# Hinweise Neutraler Beobachter

*Weitere Informationen für dich! Du darfst von all diesem Wissen in der Ermittlungsrunde Gebrauch machen*

Auf den ersten Blick kommt es dir vielleicht etwas langweilig vor, keine eigene Rolle zu haben. Das ist aber auf keinen Fall so, denn du hast als einziger am Tisch den Kopf frei und musst dich nicht mit eigenen Motiven und dergleichen beschäftigen. Einige der Personen, die hier am Tisch sitzen, haben ein kleines oder größeres Geheimnis - und diese Geheimnisse gilt es, herauszufinden. Oft gehen gute Ermittlungsansätze im Gespräch unter, weil neue Vorwürfe laut werden und das vorher Gesprochene in Vergessenheit gerät. Höre genau hin und versuche, jeder einzelnen Aussage auf den Grund zu gehen. Mach dir Notizen, wenn du etwas wichtig erachtest. Sei darauf gefasst, dass du schon alleine wegen deiner Anwesenheit verdächtigt werden kannst. Verteidige dich vehement, denn du hast ja nichts getan. Überlege dir eine gute Ausrede, warum du überhaupt von dem Mord erfahren hast. Warum warst du vor Ort? Wer hat dich informiert? Verbünde dich mit einem der Beschuldigten und verteidige ihn vehement, aber nur mit jemand, den du selbst als Täter ausschließt!

**Bedenke:**

Die meisten Morde sind eine Beziehungstat und geschehen aus Eifersucht oder verschmähter Liebe. Aber auch die Gier darf nicht als Motiv unterschätzt werden. Der springende Punkt heute ist: Wer hatte ein Motiv, diese Tat zu begehen und wer die Gelegenheit?

*Nach den Ermittlungen schreibt jeder auf, wen er für den Täter hält, und später lösen wir den Fall gemeinsam auf.*

# Auflösung:

Sicher sind auch Sie der Meinung, dass der Mord an Vanessa Steenhagen mit dem Überfall auf die Heberlein-Bank vor 10 Jahren zu tun hat.
Die beiden Täter entkamen mit 540.000 Euro und wurden nie gefasst.
Ebenfalls im Jahr des Banküberfalls hat sich ein Gast hier im Haus das Leben genommen. Dieser Gast war ein Freund von Jaques mit dem Namen Walter Müller.
Nun, Sie ahnen es sicher schon. Jaques und Walter haben seinerzeit die Heberlein-Bank überfallen. Walter Müller hat bei diesem Überfall versehentlich einen zufällig anwesenden Bankkunden erschossen. Dieser Bankkunde war der Vater von unserem Barmann Harry Belafontes.
Walter Müller nahm sich kurz darauf, vor Kummer über die eigene Tat, hier im Hotel das Leben.

Walter Müller hatte Frau und Tochter. Seine Frau wollte mit dem Bankraub nichts zu tun haben; sie lehnte auch Walter Anteil, immerhin 270.000,00 Euro, ab. Somit hatte Jaques die gesamte Summe für sich.
Wanda wusste von dem Überfall nichts; Jaques erklärte ihr damals, Walter Müller habe ihm das Geld vererbt.

Im Jahr darauf haben Wanda und Jaques mit diesem Geld das Hotel umgebaut und bis gestern war ihre Welt noch in Ordnung.

Dann checkte mit Vanessa Steenhagen die Tochter von Walter Müller ein. Ihre Mutter war gestorben und hat ihr ein Tagebuch hinterlassen. In diesem Tagebuch stand alles von dem Banküberfall. Vanessa hat Jaques damit konfrontiert und erpresst. Sie wollte jetzt die Hälfte des Geldes aus dem Überfall, nämlich 270.000,00 Euro. Jaques bat um etwas Zeit, um das Geld zu beschaffen. Leider wusste er absolut nicht, woher er so viel Geld nehmen sollte, ohne Wanda einzuweihen und dies wollte er unbedingt vermeiden.

Die Lösung schien in Sicht, als sich herausstellte, dass Vera Schmidkte ihren Lottogewinn in der Handtasche spazieren trägt. Sie wollte das Geld im Tresor des Hotels deponieren, stolze 238.000,00 Euro. Wanda und Jaques haben dies diskutiert. Sie mussten aus Versicherungsgründen ablehnen.

Jaques hat daraufhin am späten Tatabend mit dem Generalschlüssel das Zimmer von Vera aufgesucht und die Handtasche mitgenommen. Sie war aber leer, das Geld hatte sie inzwischen woanders versteckt. Also warf Jaques die Handtasche in den Wagen der Putzkolonne. Dann ging er ins Büro. Er musste die Videoaufnahmen vom Gang der 2. Etage löschen, damit am Morgen niemand sehen konnte, dass er im Zimmer von Vera war.
Als er im Büro stand, sah er auf dem Monitor, dass Vanessa Steenhagen mit Frank Bachhausen im Schwimmbad war. Ihm kam eine neue Idee. Erneut mit dem Generalschlüssel ging er ins Zimmer von Vanessa und suchte nach dem Tagebuch. ER fand es auf Anhieb im Nachttisch. Gerade, als er das Zimmer wieder verlassen wollte, stand Vanessa plötzlich im Raum. Jaques schlug Vanessa mit einer Flasche nieder und verließ mit dem Tagebuch das Zimmer. Dann rannte er zurück ins Büro, löschte die Videoaufnahmen und stellte die gesamte Videoanlage aus. Danach verbrannte er das Tagebuch im Mülleimer und löste den Feueralarm aus.

Wenn dies mal unser zweiter Täter geahnt hätte. Dann wäre manches anders gekommen und Vanessa Steenhagen würde sicher noch leben! Aber wer ist dieser zweite Täter? Vanessa starb ja nicht an dem Schlag; sie wurde mit einem Kissen erstickt.

Die Bankräuber damals müssen Insiderwissen gehabt haben,

denn dass so viel Bargeld im Kassenraum war, war ungewöhnlich.
In dem Tagebuch gab es einen weiteren Hinweis und zwar auf den Tippgeber von damals.

Verena Heberlein war damals noch nicht mit Anton befreundet; allerdings war sie bereits im Bankhaus Heberlein angestellt und hatte ein recht zwangloses Verhältnis mit dem verheirateten Walter Müller. Diesem hat sie einige Tage vor dem Überfall ganz arglos von dem zu erwartenden und außergewöhnlich hohen Kassenbestand erzählt. Nach dem Überfall verschwand Walter Müller spurlos und ohne Abschied aus Verenas Leben; sie wurde die ganzen Jahre den Verdacht nicht los, dass Walter die Bank ausgeraubt hat, aber sicher war sie sich nicht.

Vorige Woche wurde Verena von Vanessa Steenhagen kontaktiert. Vanessa erzählte von dem Tagebuch. Es stand darin, dass Verena die Tippgeberin für den Überfall gewesen sei. Vanessa verlangte von Verena 100.000 Euro Schweigegeld; bei Nichtzahlung drohte sie, Anton von der Indiskretion seiner Frau zu erzählen. Verena gab daraufhin heimlich ein wertvolles Bild vom Speicher zum Verkauf und bat Vanessa um Aufschub, bis dieses Kunstwerk verkauft sei. Damit war Vanessa einverstanden.

Kurz darauf entdeckte Verena den Eintrag „V.S.-Hotel Pampelmues" in Antons Terminkalender und nahm sofort an, dass Vanessa Steenhagen mit V.S. gemeint war.
Daher reiste auch Verena hier ins Hotel; sie wollte wissen, was da vor sich geht.

Zu ihrem Erstaunen musste sie dann am Abend bei einem Blick aus dem Fenster feststellen, dass Anton mit Victoria Söderberg das Haus verließ und sie überlegte erstmals, ob sie sich getäuscht haben könnte.

Um sicher zu gehen, rief sie Vanessa Steenhagen auf dem Handy an. Diese war mit Frank Bachhausen im Schwimmbad. Sie sagte aber zu, kurz in ihr Zimmer zu kommen und mit Verena zu sprechen.

Vanessa betrat also ihr Zimmer und stand vor Jaques, der gerade mit dem Tagebuch verschwinden wollte. Was hier passierte, wissen wir schon.

Als Verena dann kurze Zeit später an die Zimmertüre klopfte, öffnete eine von dem Schlag benommene Vanessa. Sie presste sich ein Handtuch vor den Kopf und wankte ins Bad. Verena nutzte die Gunst der Stunde; sie durchwühlte das Zimmer nach dem Tagebuch. Natürlich fand sie es nicht; Jaques hatte es ja kurz zuvor schon mitgenommen und es verbrannte später im Papierkorb des Büros. Vanessa kam zurück aus dem Bad und überraschte Verena, wie diese ihr Zimmer durchwühlte. Die beiden rangelten miteinander und schließlich nahm Verena das Kissen und brachte Vanessa damit zum Schweigen.

Verena ist heute unsere Haupttäterin.

*Lesen Sie Ihren Gästen bitte nun noch das Nachwort vor.*

# Nachwort:
# Wie es mit allen weiterging:

Dr. Anton Heberlein saß im Büro der Heberlein Privatbank und beendete soeben sein Telefongespräch, als seine inzwischen adoptierte Tochter Victoria den Raum betrat. Sie sah ihren Vater fragend an. „Gibt es Neuigkeiten von Verenas Anwalt?"
Anton nickte. „Ja, sie befindet sich weiter in der psychiatrischen Abteilung des Gefängniskrankenhauses. Zwei Gutachter untersuchen ihre Schuldfähigkeit zum Tatzeitpunkt. Der Alkoholblutgehalt vom Tatabend, die vorangegangene Erpressung durch Vanessa und die Tatsache, dass es wahrscheinlich eine Affekttakt war, lassen auf eine relativ milde Strafe hoffen."
Dr. Heberlein nahm ein Bild von Verena zur Hand und lächelte. Er würde auf seine Frau warten, denn er hatte einiges gut zu machen!

Wanda war aufgeregt! In wenigen Minuten würde die Klappe fallen zur Aufzeichnung der ersten Wanda-Pampelmues Kochshow!

Während Frank Bachhausen die letzten Anweisungen an das Produktionsteam gab, stand Jaques 500 km weiter südlich in der Großküche des Untersuchungsgefängnisses. Etwas ernüchtert sah er sich um; die Küche war nicht mit der im Hotel Pampelmues zu vergleichen. Trotzdem, so viel stand nach einer ersten Bestandsaufnahme fest: Die Qualität des Gefängnis-Essens würde in den nächsten Jahren deutlich verbessert werden!

Die neuen Teilhaber im Hotel Pampelmues, Vera und Harry Bellafontes, standen an der Rezeption des Hauses und sahen die Anmeldungen für die nächsten Monate durch. Der Run auf das Hotel war ungebrochen und die meisten Gäste fragten tatsächlich nach einer Übernachtungsmöglichkeit in Zimmer 223.

„Ich glaube, du hast deinen Lottogewinn hier im Hotel sehr gut investiert", sagte Harry und gab seiner Frau einen Kuss. „Als Teilhaber macht die Arbeit hier gleich doppelt so viel Spaß!"

Wanda unterschrieb die Überweisung über 540.000 Euro an die Heberlein-Bank mit einem leisen Seufzer. Andererseits hatten sie die rein finanziellen Folgen dieser üblen Vorkommnisse noch einmal glimpflich überstanden: Die 238.000 Euro von Vera für die Teilhaberschaft, die Honorare aus der Koch-Show und dem Buchverkauf sowie der Verkauf der Rechte der gesamten Geschichte, vom Banküberfall bis hin zum Mord an Vanessa Steenhagen an den Produzenten Frank Bachhausen, hatten ein enormes Sümmchen auf ihr Konto gespült. Außerdem war Wanda seit Wochen ständiger Gast in den gängigen Talkshows!

-ENDE-

## Autorenportrait

Cornelia H.-Müller ist seit 2006 als Autorin tätig. Ihr Genre sind Mitspielkrimis, Kinderspielgeschichten und Theaterstücke.

Autorenkontakt über
glashauskrimi@glashauskrimi.de

Besuchen Sie Cornelia H.-Müller auf ihrer Homepage:

**www.glashauskrimi.de**

**Weitere Bücher von Cornelia H.-Müller, erschienen im Edition Paashaas Verlag:**

**Krimiparty:**
**5 neue Fälle für Ihre Ermittlungen zu Hause**
Edition Paashaas Verlag
1. Ausgabe, Mai 2011,
Paperback, 188 Seiten
ISBN: 978-3-9813928-8-3, Preis: 13,95 €

**Entdecken Sie Ihren kriminalistischen Spürsinn!**
Mithilfe dieses Buches können Sie zu Hause gemeinsam mit Ihren Familienmitgliedern und Gästen auf Tätersuche gehen. Sie ermitteln und befragen, Sie bewerten Tatsachen und Aussagen und Sie finden schließlich heraus, wer der Täter oder die Täterin ist.

**Diese Krimis finden Sie in dem Buch:**

Irrtum oder Absicht? - Für 5-7 Spieler
Mord in bester Gesellschaft - Für 6 Spieler
Muttertag - Für 8-10 Spieler
Mann über Bord - Für 7-10 Spieler
Feine Verhältnisse! - Für 7-10 Spieler

Altersempfehlung: 12 bis 99 Jahre

**Krimiparty Sonderausgabe 1:**
**Plötzlich und erwartet**

*Ein Fall mit Kommissarin Henriette*
*Kragenberg*

Cornelia H.-Müller
1. Ausgabe, September 2012
Paperback, 72 Seiten,
ISBN: 978-3-942614-25-2, Preis: 7,95 €

Cornelia H.-Müller präsentiert einen weiteren Fall aus der beliebten Mitspiel-Krimi-Reihe Krimiparty:

Karl-Friedrich von Staffelberg, ein wohlhabender Gewürzfabrikant, lädt seine Familie und einige Freunde zu einem feierlichen Weihnachtsessen ein. Zum ersten Mal ist in diesem Jahr auch Karl-Friedrichs frischangetraute dritte Ehefrau, die junge und schöne Jaqueline, dabei.
Dies wäre kaum erwähnenswert, stünden nicht auch die beiden Ex-Ehefrauen des Fabrikanten, Irene und Monika, auf der Gästeliste. Zu alledem sieht sich der Gastgeber am Weihnachtsabend mit wirklich ärgerlichen Indiskretionen konfrontiert! Dennoch endet das Fest ganz harmonisch, doch am nächsten Morgen gibt es einen Toten in der Villa zu beklagen...

Helfen Sie mit, diesen mysteriösen Todesfall aufzuklären!

Mitspieler: 7 bis 10 Personen
Altersempfehlung: 12 bis 99 Jahre

## Krimiparty Sonderausgabe 2: Workshop mit Todesfolge

*Ein Krimi aus dem Allgäu.*

Cornelia H.-Müller
1. Ausgabe, Januar 2013
Paperback, 72 Seiten,
ISBN: 978-3-942614-39-9, Preis: 7,95 €

Cornelia H.-Müller präsentiert einen weiteren Fall aus der beliebten Mitspiel-Krimi-Reihe "Krimiparty":

Toni Burger führt gemeinsam mit seiner Frau Zenzia einen einsam gelegenen Sennerhof inmitten des wunderschönen Allgäus. An einem Wochenende trifft sich dort oben auf 1800 m eine recht gemischte Reisegruppe, um mit einem Fasten- und Meditationsprogramm dem Alltag, zumindest für kurze Zeit, zu entfliehen.
Ganz so friedlich wie die Wollschweine, die der Toni züchtet, ist die Gegend allerdings nicht, denn schon am zweiten Tag gibt es einen Toten zu beklagen.

Warum dieser sterben musste, was ein Wollschwein-Workshop unter Männern damit zu tun hat und warum ein Sylter Strandkorb auf einem Sennerhof im Allgäu steht... dies herauszufinden, wird Ihre Aufgabe sein.

Mitspieler: 7 bis 10 Personen
Altersempfehlung: 12-99 Jahre

## Krimiparty Sonderausgabe 3: Die Rache

*A Thriller - für Ladies only.*

Cornelia H.-Müller
ISBN: 978-3-942614-41-2
72 Seiten, Paperback,
Format 13,5 x 21,5 cm
Preis: 7,95 €
Neuerscheinung März 2013

*Die Rache ist süß... und manchmal zartbitter!*

8 Frauen treffen sich an einem Wochenende im November in dem einsam gelegenen Landhaus der schwerreichen Camilla von Strelitz. Dort, in den Highlands nahe Iverness, sorgen ein Stromausfall, ein durchgebrannter Gaul und ein Todesfall für reichlich Abwechslung. Ermitteln Sie mit, wenn wir versuchen, etwas Licht in diesen nebulösen Fall zu bringen.

Mitspieler: 7 bis 10 Personen
Altersempfehlung: 12-99 Jahre

**Krimiparty Sonderausgabe 4:**
**MorgenGrauen**

Ein Mitspielkrimi aus Bayern

Cornelia H.-Müller
ISBN: 978-3-942614-58-0,
Paperback, 68 Seiten,
Format: 13,5 x 21,5 cm
Preis: 7,95 €
Neuerscheinung November 2013

*Lokalzeitung Wulfrathhausen:*
Der Brauereibesitzer Konrad Weiblinger wurde bei einem Jagdunfall im Wulfrathshausener Forst tödlich verletzt. Nähere Umstände zu dem tragischen Unglück sind bislang nicht bekannt. Der Unternehmer war weit über die Grenzen Bayerns hinaus bekannt und geschätzt. Besonders tragisch ist, dass Konrad Weiblinger am kommenden Montag die Münchner Immobilienhändlerin Susanne Schwammberger heiraten wollte...

Mitspieler: 7 bis 10 Personen
Altersempfehlung: 12 bis 99 Jahre

## Krimiparty Sonderausgabe 5: Spargelsilvester

Ein ländlicher Krimi nicht nur zur
Spargelzeit!

Cornelia H.-Müller
ISBN: 978-3-942614-71-9,
Paperback,
68 Seiten,
Format: 13,5 x 21,5 cm
Preis: 7,95 €

Harry Petterson, Spargelbauer und Besitzer von Gut
Landswede in Schleswig-Holstein, hat großen Grund zur Sorge.
Ein hässlicher Erbstreit trübt die Stimmung in der Familie
ebenso, wie das außergewöhnliche Geschenk, welches Hetty
dem gemeinsamen Sohn Heiko ohne jede Absprache zum 22.
Geburtstag gemacht hat.

Und Tochter Syke? Sie treibt sich neuerdings auffällig oft im
Heu herum und zickt mit ihrer aus Amerika angereisten Kusine
Jaba um die Wette.
Als das für die Landarbeiter, Freunde und Nachbarn
ausgerichtete Spargelfest zum Saisonende für einen der
Bewohner des Hofes tödlich endet, beginnt der Alptraum für
Harry und die Seinen allerdings erst so richtig!

*Und als besonderes Highlight gibt es passend zum Krimi noch ein
Spargelrezept von Sternekoch Sascha Stemberg!*

Mitspieler: 7 bis 10 Personen
Altersempfehlung: 12-99 Jahre

Alle Bücher sind unter: www.verlag-epv.de zu bestellen oder auch überall im Buchhandel erhältlich.

Dort gibt es auch weitere Informationen zur Autorin und Leseproben.